王婷

帶著線條旅行

給　王婷

我們來自同一個小島

鄭愁予

己亥年五月廿八日

王婷女士 雅正

讀一首好詩
如聆聽
花開的聲音

時年90歲叟
張默 書 2021年7月

帶着線条旅行
帶着線条旅行
帶着線条旅行
帶着線条旅行

帶着線条旅行
帶着線条旅行
帶着線条旅行
帶着線条旅行
帶着線条旅行

記憶正在消逝、
在詩中的風景、
卻繼續延伸繼續
美麗

慕蓉
2019
8月

王婷的詩好

辛牧

王婷的詩不長，但都能掌握詩語言和意象的精確度，詩中透露的禪機尤為可喜。

——辛牧

人生至美

敬致 詩人 王婷

心細如髮，詩乃是

畫，常帶着線條，

既詩又畫，

詩乃環繞地球人，

畫乃至美人生

……

Lin

2019.07.10/17:36捷運昆陽站

飄泊只是因風而起的偶然、

孤寂也是人生美麗的段落

維菁

乙亥小暑

【總序】不忘初心

李瑞騰

詩社是一些寫詩的人集結成為一個團體。「一些」是多少？沒有一個地方有規範；寫詩的人簡稱「詩人」，沒有證照，當然更不是一種職業；集結是一個什麼樣的概念？通常是有人起心動念，時機成熟就發起了，找一些朋友來參加，他們之間或有情誼，也可能理念相近，可以互相切磋詩藝，有時聚會聊天，東家長西家短的，然後他們可能會想辦一份詩刊，作為公共平台，發表詩或者關於詩的意見，也開放給非社員投稿；看不順眼，或聽不下去，就可能論爭，有單挑，有打群架，總之熱鬧滾滾。

作為一個團體，詩社可能會有組織章程、同仁公約等，但也可能什麼都沒有，很多事說說也就決定了。因此就有人說，這是剛性的，那是柔性的；依我看，詩人的團體，都是柔性的，當然程度是會有所差別的。

「台灣詩學季刊雜誌社」看起來是「雜誌社」，但其實是「詩社」，一開始辦了一個詩刊《台灣詩學季刊》（出了四十期），後來多發展出《吹鼓吹詩論壇》，原來的那個季刊就轉型成《台灣詩學學刊》。我曾說，這一社兩刊的形態，在台灣是沒有過的；這幾年，又致力於圖書出版，包括吹鼓吹詩叢、同仁詩集、選集、截句系列、詩論叢等，迄今已出版超過一百本了。

根據彙整的資料，二〇一九年共有十二本書（未含蘇紹連主編的四本吹鼓吹詩叢）出版：

一、截句詩系

王仲煌主編／《千島詩社截句選》

於淑雯主編／《放肆詩社截句選》

卡夫、寧靜海主編／《淘氣書寫與帥氣閱讀——截句解讀一百篇》

白靈主編／《不枯萎的鐘聲：二〇一九臉書截句選》

二、台灣詩學同仁詩叢

離畢華詩集／《春泥半分花半分》（台灣新俳壹百句）

朱天詩集／《沼澤風》

王婷詩集／《帶著線條旅行》

曾美玲詩集／《未來狂想曲》

三、台灣詩學詩論叢

林秀赫／《巨靈：百年新詩形式的生成與建構》

余境熹／《卡夫城堡——「誤讀」的詩學》

蕭蕭、曾秀鳳主編／《截句課》（明道博士班生集稿）

白靈／《水過無痕詩知道》

截句推行幾年，已往境外擴展，往更年輕的世代扎根了，選本增多，解讀、論述不斷加強，去年和東吳大學中文系合辦的「現代截句詩學研討會」（發表兩場主題演講、十六篇論文），其中有四篇論文以「截句專輯」刊於《台灣詩學學刊》三十三期（二〇一九年五月）。它本不被看好，但從創作到論述，已累積豐厚的成果，「截句學」已是台灣現代詩學的顯學，殆無可疑慮。

「台灣詩學詩論叢」前面二輯皆同仁之作，今年四本，除白靈《水過無痕詩知道》外，蕭蕭

《截句課》是編的，作者群是他在明道大學教的博士生們，余境熹和林秀赫（許舜傑／台灣詩學研究獎得主）都非同仁。

至於這一次新企劃的「同仁詩叢」，主要是想取代以前的書系，讓同仁更有歸屬感；值得一提的是，白靈建議我各以十問來讓作者回答，以幫助讀者更清楚更深刻認識詩人，我覺得頗有意義，就試著做了，希望真能有所助益。

詩之為藝，語言是關鍵，從里巷歌謠之俚俗與迴環復沓，到講究聲律的「欲使宮羽相變，低昂互節，若前有浮聲，則後須切響」（《宋書・謝靈運傳論》），這是寫詩人自己的素養和能力；一旦集結成社，團隊的力量就必須出來，至於把力量放在哪裡？怎麼去運作？共識很重要，那正是集體的智慧。

台灣詩學季刊社將不忘初心，在應行可行之事上面，全力以赴。

王婷答編者十問

李瑞騰

01

寫詩、繪畫之於企業經營，是完全不同的行表現，身心狀態必然有很大的差異，對妳來說，其間有沒有調適的問題？

答：

人生如夢，築夢踏實，我大學時唸服裝設計，後來的工作也是相關行業，服裝講究的是舒適、時尚感，因此美在我的工作中佔有重要的比重，工作不僅是工作，還是美學的延伸！這對我來說是老天給的幸運安排！

以公司經營的角度，永續發展是企業的目標，擁有不斷的熱忱，是持續進步的一種方式。我個性中有一份毅力和樂觀，對於投入的事情，總會鍥而不捨；在工作是如此，在興趣方面也是。在公司穩定發展之後，我開始更深入的投入繪畫、寫詩，把工作的美學橫向移動，讓藝術豐富生命。美的起點是人心，美的終點是大愛，這也是我一直的信念。

02

作為一種精神活動，寫「詩」和繪「畫」都是由內而外的行為表現，從這個角度來看，「詩」和「畫」似只是藝術形式上的不同，但形式必然制約內涵。妳怎麼看待這兩件事？

答：

對我來說寫詩和繪畫在剛開始是兩條平行線，開始的起因也不相同。寫詩是高中求學時就開始的，當時加入新詩社，也和同學一起出版一本小詩輯「浪的組曲」，經過多年讀詩，對詩的熱情一直深植於心。寫詩也可以說是承襲父親的腳步，父親喜愛文學也曾寫過一本詩集「千山疊雪」，我常想起父親吟詩的畫面。至於繪畫是在念實踐服裝設計的時期，就種下的種子，及至後來正式學習油畫與創作是近幾年的事。

寫詩是內心的一面鏡子。

作家赫塞曾說：「寫一首壞詩的樂趣甚於讀一首好詩。」對我來說，寫詩是洞穿現實的世界。在詩中，以他人的立場和感受看世界，但也能在和他人的兩相觀照下逼視自我。詩是從我到他，再從他到我的交相辯證。詩是說心情，詩也是一種對話。

而繪畫呢？雖然和詩一樣是內心的創作，但是繪畫比較是傾向觀著的感受，一幅畫有感動人心的力量，就是好的作品，而這樣的界定是對看畫的人單向的情緒，這和詩是作者與自己，作者與讀者的對話是不盡相同的。

03

妳有沒有用「詩」和「畫」面對同一題材，且主題一樣的寫作經驗？我發現「繪畫」這一件事會進入妳的詩中，詩集名稱的「線條」就是；〈畫布〉更直接；筆、墨、畫等亦曾出現。我想了解：「詩」會進入妳的「畫」中嗎？

答：

古希臘詩人西蒙奈底斯說「畫是有聲書，詩是無聲話」。

從詩歌跟圖畫的意境相似性及構建的共性、詩歌跟圖畫可以有延伸的對應性。詩畫同源，詩人用文字創作詩的意境，在此過程中，詩人內在建構的風景，和畫家由心境呈現出來的具體畫面能交錯成美的感動。詩中有畫是語言高度形象性的內在風景，畫中有詩是形象延伸張力溢出來的詩味！例如大家熟知的王之渙名句「星垂平野闊，月湧大江流」這樣意象移位流動所產生的張力和畫面，千古以來震撼無數雙眼睛！山水畫也必題詩，如此的情景交融，意境兩渾，在中國古詩畫常達到上乘的傳神境界。而西方美術史上各種畫派、主義猶如人類進化史般地不斷推新、畫風迥異。中西畫背景的確有著很大的差異。

我曾經有兩首詩為背景繪了幾張油畫，分別被創世紀、野薑花雜誌及秋水詩刊為季刊的封面，這三幅畫「沉默的幻燈機」、「蜃市」及「燃點」就是和詩畫互相對話的模式。

畫是實，詩是虛象，關於詩畫，我企圖不以詩中有畫，畫中有詩做為創作的基調，而是以虛實之間做為創作的靈感，將不同的形象連接，分開，再產生新的串聯。把油畫和現化新詩合而為一，是我創作的方向。

04

妳進出兩岸，對於現實必有諸多觀察，但妳似不愛寫客觀的現實，為什麼？

答：

對於寫詩我傾向是「言有盡而意無窮」。寫作嚴謹的現實作品，得注意事實真相。詩的意象高於景物或事實的陳述。而真相往往又在真相之外。

我喜歡中國文化的博大精深，幽微的樓閣和古鎮也常入我的詩作。我往來兩岸近二十年，這二十年來，大陸的變化非常大，新大樓林立，古文物不斷的消失，我常不捨的問大陸友人為什麼古蹟或古鎮的修建是仿舊如舊而不是修舊如舊呢？這樣憂慮的情懷入詩在情感上是焦慮的，有一種對故國土地文物的改變，又愛又不捨的矛盾情結，所以對人文環境的詩也是我未來想嘗試的。詩人本質是精神流放者，對於兩岸文化與政治生態的描述，我較謹慎地選擇做精神的漂泊者。

05

妳有考慮寫商場嗎？

答：

商場是一個詭譎的笑容，有時候笑瞇了眼看到的是肉堆裡的眼睛，卻沒有情感的弧度。面對惡或是冷漠是我不忍去揭開的，但是這又是在商場上甚或是生活中常見的，我曾經以一碗湯圓的感想寫過一個短詩：

〈厚黑學〉

火已經停止燃燒
黑金色蒼蠅用強而有力的腳黏著不放
渾圓的臉上露出了月白色的軟弱

這類題材的詩我寫得不多，但，也是未來會多嘗試的方面，畢竟詩不是只有寫美的一面，人性的黑暗在社會或在人生道路上更是尋常。

06

妳寫「西湖」、「北京」，但地景特性不是很明顯。妳是有意稀釋嗎？

答：

借景抒情是很常見的詩題，尤其是中國詩歌的主流，中國詩寫景抒情，有景有情，情由景生，或觸景傷情，以景蘊情，古人談到詩歌創作曾說「作詩不過情景二端」，這句話也強調了寫景在創作時的重要性！

我喜歡詩的意境不去描寫景物。而是以內心感受到的情感為主軸，言外之意，象外之意，以意境來傳達言有盡而意無窮的境界，表現意象的具體化的感覺。西湖和北京是中國具代表的古老文化，每次走訪這些令人引發幽古思情的古蹟，常常感受物在人非的氛圍。尤其現代化的文明幾乎吞噬了傳統文化的美，常令人不勝噓唏！

07

妳寫「青田故事」，有「新雨」和「老樹」相對，「屋內」和「屋外」也是，台北許多巷弄是不是都這樣？

答：

台北的巷弄很多，但是像青田街這樣具人文藝術氣息及歷史軌蹟的，以此為最。老樹的意象尤其可以表達老屋的記憶和說不完的老故事，而青田街居民積極推展老樹保護運動，並以「老樹生在老屋中，護樹護屋」的概念，令人動容。這裡居民保存歷史建築和人文的素養，相較於只注重商業利益的商業活動街道，更多了一份感動和敬佩！青田街的日式建築及老樹有一種沉靜之美，這裡的老屋線條也是我特別喜愛的，木造的質感呈現出古樸的溫度，常常不自覺地，就走回進自己夢想世界！

新雨和老樹是一個對比，屋內和屋外也是一組對照。

這樣的安排是特別想突顯新和舊之間的距離……因為交錯，可以表達時間啃蝕後的歲月和不經意中留下的風華。青田街是我最喜愛的區域，巷弄之間的文化歷久彌新。歷史永遠有存在的必要，不但是為前人的心血，也是為後代做一事，而如何有效的保存，「用心」是很重要的。

08

「捷運」是台北一大特色，妳寫捷運時想了些什麼？

答：

說起捷運，尤其是台北捷運，是足以令人挺起胸來的，乾淨、整潔、秩序，這些都是台灣捷運值得讚揚的地方，我看到捷運上下樓梯人人自動自發的排隊，就會感動莫名，誰說台北不是一流的城市呢！捷運是台北人重要的交通工具，隨著人手一機，每個人都沉浸在自己的世界，於是，最近的距離也是最遠的距離，然後，發生了鄭捷捷運殺人事件的遺憾。如果，我們少一點手機遊戲多一點紙本閱讀，是不是這社會會多一點笑容，多一點溫度呢！

因此捷運詩、捷運文學、捷運上藝術的結合，也是我一直覺得可以好好加強的，現在的商業利益凌駕一切，有文明少了文化。什麼可以讓低頭族把頭昂起，看看四周，什麼可以改變城市形象？我們，文學和藝術的重要性是不言而喻……

09

妳的小詩較多，妳對於詩之「篇幅」，有特別的想法嗎？

答：

柯立基（S.T.Coleridge）曾為詩下了一個定義：「詩就是將最美的字放在最適當的位置」。這包括了兩個重點：美和精確，一首詩如果有意境，用字精準，令人感動，有音樂性，就是短詩也是好詩。

我偏好短詩用極致的語言、隱喻的手法來表現新詩，在最小的空間展現詩歌的豐富性，例如顧城那首：

〈遠和近〉

你
一會看我
一會兒看雲
我覺得
你看我時很遠，
你看雲時很近

這樣的短詩讀來觸動人心，又易懂，易於朗朗上口，這不就是詩的好處嗎？詩又如講一則笑話一樣，要精彩就要把關鍵的話留在最後，也要像說笑話一樣，短而有力，聽的人多，也易懂。當然，長詩、散文詩、敘事詩也各有千秋，各有所好！

10 妳能談談妳的時間感在寫詩時產生的作用嗎？

答：

上天給人最公平的，就是時間，每一人都會經歷自己的童年、青年及至老年，時間是不停的在工作著，但是，每人生活上的經驗卻因為環境、性格經歷，大不相同！我對詩或藝術上的創作經驗的累積過程或學習，遠比時間給我的感受還多，因為工作的關係，我最遠到南非，頻繁出入兩岸，二十年的工作經驗，經歷國外政變時的環境及大陸從經濟未起飛到現在和美國強權抗衡，看遍台商在大陸風光時代到台流充斥，這些經驗是歷歷在目。但生性樂觀的我有著一股不屈毅力，經驗是我的養分，時間就像一個碼錶，完成一個階段後，我又會歸零，再重啟另外一個階段，好比我在事業穩定發展後，又要開始師大研所的學習，我想，人生是學無止境的！

【推薦序】素樸見真淳
——讀王婷詩的享受

向明

德國心理學家，精神分析學派的創始人佛洛伊德不是一個詩人，可是他發現所有的所謂詩，事實上都等同於白日夢，通過寫詩者的改裝（disguise）和隱晦手段（詩人所謂的修辭），來降低白日夢的暴露，而顯出詩的神祕感。他更指出這些「夢」是我們清醒時所殘留下來的無法表現的願望，而存留在潛意識裡，變成一種內在的刺激或衝動，必須以一種幻想的或象徵的形式出現。佛洛依德以這種理論來解釋詩的形成，是頗為適合我們現代寫詩者所主張的「詩是一種意與象的組合而形成」的理論的。超現實主義詩派即主張從潛意識裡面去找詩的意象，而所謂潛意識即是一些尚未完全成形或無法促其實現的遊離意識，它們像失去軌道的太空垃圾，漫天遊走，如果被詩人捕捉，詩人將它改裝得很好，可能面貌雖陌生，實際仍是意識界的舊識，仍會覺得可感且可親。

我這樣繞一個大彎來談王婷的詩，可能有點小題大作，而且不符實況，她的詩完全是自然的感性的發揮，絕非前述的樣相。然而我們不能否認，所有的詩其實都是夢的遺緒，都是意識流在作崇。自有詩以來，詩人在這循環不斷的世界走上一遭，雖留下了很多很多詩作，但這些作品實際上多都是蕭規曹隨，因襲前人，自成一格者少之又少，故而因詩而揚名者，中外永遠只那麼少數幾人，而陳腔爛調，陳詞舊語，了無新意的所謂詩，則到處都是。這樣形成的一片殘茶剩飯，見之口味盡失的不振局面，是今天詩會失去讀者的最大原因。喜新厭舊是人的天性，柏拉圖的天堂不歡迎寫詩的人，皆因詩人多半都愛因襲陳年舊事。

但王婷的詩不是如此，我發現她寫詩有一種絕不追隨任何潮流的偏執。她是一個有高學歷，且極具新思維的女詩人，但她不寫女性主義者那種要與男性爭平權的詩。卻也不具保守封建的頑固舊思維，或者思維跳脫，欲跟上後現代戲耍文字的新潮流。她只想方設法在詩的創意上，和意象經營上，都有所新的呈現。她要超越這些那些所謂新的美學，不同於那些混亂的陳腐，素樸中見真淳。

親情詩是最普遍的一詩種，也是認為寫來最易得心應手表達的一種詩，但看我們所經常看到的，仍多半是「慈母手中線，遊子身上衣」一樣的舊式翻版或仿寫。但看王婷的〈穿衣〉一詩，便覺原來親情的暖身體貼無時無處不在，只要肯去靠近，便可有雖陌生但覺新鮮的感受：

當他扣到第三顆鈕扣
忽然摸到

母親年輕時的手
上衣口袋溜出幾句細碎的叮嚀
花襯衫上還有嘩啦啦的洗衣聲

另外又如這首〈夫妻魚〉更是覺得不同凡俗，卻又恩愛逼真：

我從不尋你
只是默默的跟隨
或許在水泡破滅之前
你也會
和我眼神相對

再看一首寫老兵的詩〈老士官長〉，這種革命感情，惺惺相惜的胞澤愛的細緻描寫，真會賺人不少熱淚：

巷尾響起救護車聲
劃破夜的黑幕
是擺龍門陣的老陳
還是只剩門牙的小沈
他望著
夾在泛黃兩指間燃燒的菸頭
牆角的鐘仍在搖擺著舊時的夢
盪回他故鄉的童年和江河
借舟擺渡擺不掉
夜夜思念親娘的無助
長巷內的月光伴同桌邊的酒
今夜他還擺盪在
數十年前浮沉他離鄉的海浪

這三首極通俗的寫人之常情的詩，表現得多麼真摯樸素感人，又多麼的恍如戚近耳邊的親切。我找了王婷的出生背景來看，原來她是金門戰地長大的女子，怪不得有如此懂得世間一切存在的艱辛。

最近還知道，王婷也是一個喜愛繪畫藝術的業餘畫家，曾為自己和他人的詩作，在詩刊配詩展出。剛又舉行盛大的畫展，怪不得我在她的詩中總是看到一些只有畫家才敏感得到的詩意，總令我感到驚奇。譬如〈寒夜的祈禱〉一詩中便有這樣出奇的意象：

冬從殘荷中竄出
以一身白
完成一個寒暄

又如〈塵市〉中：

天空用了三千丈流水
怎麼也洗不乾淨那張臉
河水沉默的
握著灰色的心事

又如〈綠的意象〉中的世象，顯得多麼的複雜：

綠是一種寂寞
枯葉是掌紋
在隙縫間
插入暗椿
樹影站著沉思
在綠色的線索裡
聞到一股
發酵的氣味

我常認為各種藝術之間，因表現的語言不同，各有各不能互為表達的極限。王維有首詩「藍田白石出，玉山紅葉稀。山路本無雨，空翠濕人衣。」此詩前三句畫筆均可塗抹得出來，這第四句畫家就為難了，空翠是一種抽象的感覺，總不能畫一個穿著溼衣服的人在畫中吧？王婷的這首詩〈綠色的意象〉，我們讀文字呈現在我們腦中的畫面，便可覺得有聲有色，場面熱鬧非凡。但要畫出來，便得突破詩畫兩種語言的障礙了。因此我得到兩句話作為我的心得：「詩作無形畫，畫乃有形詩」。各在各自的專業語言表達極限中努力。王婷既是詩人，也是畫家，有兩種樂趣，也得有兩種付出。她對詩畫兩種的心得和修養，做起來是得心應手的。

二〇一八・九・十一

【推薦序】從眼神中飛出鳥群——王婷詩集《帶著線條旅行》序

白靈

詩是一個人生命形態的展現，有的人是靜止的鏡子或一口井，靜靜地反映著天色和這世界。有的人是流動的河是溪是一道小水，甚至是風是雲、是雪是雨或只是霧，流過處，沾景濕物、映照周遭不斷變換無常輪廓，流不流得下痕跡都是未定數。但那又如何？至少已主動地撫觸摸索了這世界。前者是定靜的，後者是顫動不安的。

王婷在她的詩或畫中所展現的，從來不是書桌旁思索的結果，而是生活磨汗磨淚磨愛磨血後提煉所得，是她曲折的人生路徑打彎磨角後的沉澱物。她的人生不活在家與辦公室中，那是拴不住她、她也死命要掙脫的兩條鏈子，她的生命存活在路上，顛簸的路上，這顯然與她的金門女子身分有關。在那戰爭氣息濃厚的地點出生的人，即使炮聲遠離、煙屑已淡，仍好像都背負了歷史和父執輩們沉重的陰影和哀嘆，尤其幾乎全是男人掌執、相爭、互鬥的時代，女子的位置一直不知如何擺放和安頓。因此從那煙火味血汗味高粱味濃烈的迷霧中走出來的女子無形中都帶了點剛毅和憂傷，生活上可能是「人生勝利組」，但情感上永遠不會是。她們是負著傷疤長大的，因此永遠想逃離那樣的場域，卻又在夢中或熟悉的事物中的某一瞬被追捕回去。比如她的〈人生勝利組〉所說的：

我不斷學習如何逃避追捕
大海中
我是一條逃脫的魚
海水是我的共犯
前進或後退我們與風密謀
河岸邊濤聲四起
一隻鷹
從激流中竄起

此詩的海、魚、河（溪）、鷹、風與金門都有關，即使逃避、逃脫、追捕共犯、濤聲、激流等詞也都可以在那樣的場域中慣常聽聞。但詩中所說的卻是一種心境，是要由大海一樣四圍而來的氣氛中逃離、而且是「不斷學習如何逃避追捕」，顯然海中充滿危境和捕頭，「魚」既無法離開「大海」，只能與之為伍，聽風聲通報而知如何「前進或後退」，最後好不容易逃到河海交口，「岸邊濤聲四起」，表示風聲鶴唳、草木皆兵，「一隻鷹／從激流中竄起」，既已到了岸邊，淺灘已達，乃以鷹的姿勢自其中竄飛。很超現實的結果，但那是「不斷學習如何逃避追捕」後，最終累積良久才有的力量。表面上似乎借典《莊子．逍遙遊》：「北冥有魚，其名為鯤，鯤之大不知其幾千里也。化而為鳥，其名為鵬，鵬之背不知其幾千里也」，那是寓言，但王婷詩中所說是她成長的生命情境和困頓，純粹只是表達金門人才有而其他地區人士很難感受到的、要由老戰地的沉重和沉痛中逃脫的體認。李白〈贈宣城趙太守悅〉詩中說：「溟海不振蕩，何由縱鵬鯤」，「振蕩」不正是磨字嗎？磨汗磨淚磨愛磨血，由此激勵提煉出如鷹姿般的「人生勝利組」，不見得是情感上的，至少是意志上的、生活態度上的。

她的另一首〈畫布〉寫的雖是繪畫的心境變化，卻是充滿了故鄉的原型：

她反覆刷了幾筆
感覺像是觸撫一吋吋肌膚
又是那一抹紅
把險灘逼成漩渦

漣漪盪出水潤私語
每一句私語
都像是炸開的情緒
在靈魂和空氣中
磨擦

她拿下畫布
在鮮紅的唇上狠狠的咬了一下

紅、險灘、漩渦、漣漪、炸開、磨擦等詞均與潛意識中的金門相關，「又是那一抹紅」表示怎麼畫都與「紅」代表的燦爛、煙火、血腥、節慶、傷口、乃至死亡有關，其中險阻重重，總是無法逃脫，但又有「水潤私語」潛藏，都能「炸開」「情緒」、「磨擦」「靈魂和空氣」，那是令人感傷和心痛的。如此「畫布」不只是畫布了，是一片土地，一刷筆像「觸撫一吋吋肌膚」，根本很想將之「在鮮紅的唇上狠狠的咬」幾下的鄉土！她的畫布就是她的金門，充滿了愛恨糾葛的空與滿。

王婷繪畫的寫實工夫是深厚的，由二〇一八年畫的〈沉默的幻燈機〉、〈交流〉、〈沉默的力量〉三幅即可見出，尤其前兩幅，但又不那麼寫實，其油彩的色澤和筆觸充滿了鏞色的蒼涼感。同一時間其他的繪畫則不是迷離霧色，就是濛濛雪飄、昏沉天光，如〈走過〉、〈最遠的記憶〉、〈永恆的燈塔〉、〈迷惘〉、〈古城的背景〉，與金門霧季往往長達數月，當然有連結，那是一種根深蒂固的記憶的延伸。她的某些畫即是心境抽象的拼貼表達，如〈碩〉、〈初〉。尤其是〈初〉，畫面像是夢中的大海，散佈的白是浪花，飄的、浮的、遊的、飛的、矗立的、躺的無非是故鄉「閉上眼睛也能看到的影像」、「掩住耳朵也能聽到的旋律」，與那些生死分明、旦夕之間即成無常的眾多耳聞和親身經驗有關。而王婷不能不用散亂並置的模糊意象傳達內在心境的深沉初心，那是面對時代和歷史，而不只是個人的存在而已的一種感受吧。而這樣的畫其實更具想像空間和自由跳躍，不願受拘、受控，仿若夢境片斷鑲嵌的氣息。

因此也難怪她詩的畫面感都很強，比如〈訪你之後〉一詩：

我帶著晚春在你故里落腳
泅泳的小舟拉著
你的裙角前進

我站在你的背後
見你專注
彎下腰讀水紋
槳愈說愈急你頭愈垂愈低
最後拱成一座橋

我站在你背後
沒有多說一句話

詩中的你可以指女人，也可指你的故里本身的風景，第一段中；

泅泳的小舟拉著
你的裙角前進

是極生動的寫生畫，把站在水邊的女性裙角「一衣『帶』水」的美感以「拉著」、「前進」兩個動詞連結得傳神極了。

彎下腰讀水紋
槳愈說愈急你頭愈垂愈低
最後拱成一座橋

從裙角到彎腰到垂頭，最後身形「拱成一座橋」，將人形與景形的相似性和相關性乃至人與景融為一體的美景，借小舟、女人、拱橋三者的關係緊緊的聯繫，古城以拱橋為核心的興味，躍然紙上。而且整幅是動態的，小舟、裙角、水紋、木槳、彎腰女子無不都在動，它不是一幅畫，而是一齣光影粼粼的微電影。末兩句則是說不出話的感動和呆立，語言此時是多餘的，也無辭可描述。

上面那首是當下動態的寫實畫，她的〈穿衣〉一詩則是今昔相扣的親子畫，事實上恐怕連畫都不易表現得出來：

當他扣到第三顆鈕
忽然摸到

母親年輕時的手
上衣口袋溜出幾句細碎的叮嚀
花襯衫上還有嘩啦啦的洗衣聲

詩僅五行，卻有小說感，主要是使用了第三人稱的「他」，切入點即暫時停格在「第三顆釦」上，後兩句時空一跳，摸到的是「母親年輕時的手」，那麼詩中的他就回到了童年時光，恍見母親蹲下身來，年輕的手正在扣自已的衣衫。接著是一連串的回憶：「上衣口袋溜出幾句細碎的叮嚀」、「花襯衫上還有嘩啦啦的洗衣聲」，那是溫馨忙碌的時光，透過簡單的當下「穿衣」動作，釦子、口袋、花襯衫是當下同一件，但回溯的場景竟出現了三個不同時間段，「年輕時的手」、「細碎的叮嚀」、「嘩啦啦的洗衣聲」不會同一時間發生。而才五行詩就承載了微小的諸多細節，親子互動的感染力躍然紙上，恐怕連微電影都不好拍攝。

下面這兩首詩就比較像她霧濛濛的畫、或符號抽象化的畫，不那麼容易解讀，比如〈記憶正在改變〉：

陽光向前走了一步　斜切半面牆
夏天篩下火爐典當最後熱度
桌上芒果冰靜靜的化成一泓寒潭
她也安靜的長出翅膀
學大雁飛渡

融解中的雪花格外驚心
雪山微微晃動地就
一哄而散
原來
改變的不止是季節

此詩由夏天吃冰寫到有冬天的感受，前幾行寫實，後面是想像，「融解中的雪花」、「雪山微微晃動」都與吃冰的形象有關，卻又像化為大雁飛渡所見。說的其實只是吃了「芒果冰」後的愉悅、享受和遠想，有種冰涼至心底而綺思幻覺，尤其首段第三行「一泓寒潭」、及四、五兩行「她也安靜的長出翅膀／學大雁飛渡」的綺想，使得末段把眼前的冰盤想成「雪花」、「雪山」也跟著合理地虛擬化了。「改變的不止是季節」本應是「改變的不止是芒果冰」，結果因奇幻的聯想，使得「記憶」也跟著「改變」。如此現實的經驗有可能隨著想像而擴大了記憶的版圖，王婷用一首人人平常皆有的吃冰經驗，胡思一番，卻等於教導了讀者如何利用當下感受聯想、開拓現實體驗的好方法。

而〈色相〉一詩則是身體詩，描述情欲與肉體互動的心境、感受，是很不易處理的題材：

靈魂在色與相緩緩流動
有時張狂蹬著波浪任海洋成為
更深的夜
有時軀體扭曲緊繃顛倒如
十字路口的車流
加速或停止形成小舞步然後
遺忘

穿越是黑暗中最迷人的姿勢
虛線或捲邊唇語
如馬丁鞋上的鞋帶
從第一孔到頂孔來回穿梭

關上記憶
慈悲與肢體都將以海流的速度
裂解之後又裂解

流動是此身體詩最主要的意象，由兩人靈魂及肉身互相來往的流動、到海的波浪、到車流、小舞步的變化、到黑暗中姿勢的「穿越」、到鞋帶在鞋面的孔洞上穿梭，最後海流合起又退下，如記憶中肢體的起伏變化，成為回味和難以磨滅的一部分，「慈悲」二字則有地母撫慰人子的不忍。寫難寫之景之情能如此含蓄有味，可說已臻完善了。

王婷酷愛繪畫，城市、故里、古城、大自然和人物是她經常取材處，又不為之所限，不經意就將之抽象、符號化，藉以逃離形象而獲得更大的自由度。在詩中即是「借景生情」、「由象而意」、「化實為虛」、「從色轉空」、「藉有說無」，從而得到更大的想像、思索、轉身的空間，比如下舉諸詩的部分段落：

巨木是最好的演說家
他藉著一根一根木頭的耗損
分析著悲傷與歡笑間的距離
巨木守候森林

如同我始終相信愛
足以征服狹隘的寬容
（〈希望〉）

天空用了三千丈流水
怎麼也洗不乾淨那張臉
河水沉默的

握著灰色的心事
（〈塵市〉）

岸上石子把頭埋在河裏
一整天
只管著浪花的高度
只有夕陽微笑的把影子
還給我
（〈孤舟〉）

斷崖上有一隻酒杯
豪邁放歌
春天
豎起耳朵
（〈朗詩，在春天〉）

蹲在路旁的樹
耐心搜尋秋風
所有腳步聲都變成了
遙遠的懸案
（〈在那遙遠的地方〉）

我把自己捲起來
像一片枯葉
葉尖上留了一點空隙
讓自己有飛的機會
（〈重生〉）

耗損的木頭「分析著悲傷與歡笑間的距離」、巨木的守候如愛「足以征服狹隘的寬容」，說的或是不離不棄方可成其大。而河水的沉默可「握著灰色的心事」，也是寬容的一種方式，這其中都有前面提到的「地母」特性。其餘說夕陽微笑的還我影子，酒杯放歌春天豎耳、腳步聲成了懸案、葉尖留空讓自己飛，凡此種種都是我與物與景與周遭所見所聞相互傾聽、互為換位、萬物與我同一的展現方式。

前頭即提及流動的河、溪、小水、風、雲、雪、雨、或霧，流過處，沾景濕物，要映照的是周遭不斷變換無常的輪廓，流不流得下痕跡並不需在意，流動過就好！像她〈色相〉一詩所展達的：一切的靈魂或色相、海波的合攏與裂解、十字路口車流變幻莫測、黑暗穿越肉身、鞋帶刺穿鞋孔，沒有任何一個動作會被自己和其他人重複，流動過就是活過！〈冬雪〉一詩說：

飛雪的日子。沒有足印
只有風。在翻書
一群候鳥
懸著羽
從她的眼神中走出來

雪如何留印？風翻書誰知？眼神中候鳥懸羽飛出，三者何干？相似處唯都在流動、皆在一瞬發生，在詩人捕捉到那一瞬存在過，因而與自己的過往、當下、乃至未來，有了千絲萬縷的聯結，從而體認到自我在那一瞬的存在感和無可盡說的美。

而如此地「借景生情」、「由象而意」、「化實為虛」、「從色轉空」、「藉有說無」，詩不就在其中？人不就在其中？王婷不就在其中？反之皆然。而當流動於若即若離中、流動於似在似不在之中，宇宙之奧之妙不也就在其中？那麼往後對王婷如何在詩中在畫上不受控地繼續流、自如地繼續動，從眼神中持續飛出種類百異姿態千奇的鳥群，應可相當地期許吧？

【推薦序】靈彩的對話——王婷的詩與畫

陶文岳

詩的法文是“poème”，光聽這法語發音，就充滿「詩意」的感覺，倘若再經由女孩嘴裡輕聲唸出，就如同法國香頌「Chanson」歌曲般的好聽。我想「詩」的感覺就像是聽一首歌，它有節奏、韻律與內容，當然還有色彩與聯想的空間。我常覺得繪畫是來自於人類自發性的本能，特別是畫家透過物象觀察後，經由彩筆再落實後的感覺，不管是具象、意象或是抽象的表現，繪畫本身包容了畫家心靈的語言與體悟。女詩人王婷寫詩同時也畫畫，她想將詩與畫結合，還原於「詩中有畫、畫中有詩」的意境。

古希臘詩人西摩尼德斯曾說：「畫是一種無聲的詩，詩是一種有聲的畫。」而中國北宋著名畫家郭熙也說：「詩是無形畫，畫是有形詩。」詩與畫從本質上來說，雖然兩者形式不同，但都是文學家與藝術家自身情感流露與宣洩的創作。王婷認為：「詩和畫是一種對話，是和創作者的對話，也是和觀者的對話，中西關於詩畫的關係同源，那就是追求一種意境。」

王婷的文學造詣得自於父親的影響，她的父親是受古式傳統教育的人，所以她從小耳濡目染，很早就接觸中國古典文學的洗禮。所謂的「六才子書」在她很小的時候就知道，王婷認為寫詩是最直接的情感表現方式，在其記憶深處，兒時曾翻閱她父親所寫的一本詩集的印象特別深刻，在這部泛黃詩集的頁面上正有父親手書「千山疊雪詩集」六個斗大書法的字，一直縈繞在腦海中而難以忘懷。可惜的這本珍貴詩集在遷台後，早已散佚而不知其所，也成為她心中永遠的遺憾。

我們都知道金門的地理位置和戰略地位對台灣來說是非常重要與特別，它與中國大陸的廈門對弈著，一九五八年八月二十三日下午曾經遭受對岸戰火無情的摧殘，數十萬發砲彈如催命般的瘋狂襲擊，在歷經激烈戰爭的洗禮下，「八二三炮戰」的最後結果，金門並沒有被擊倒，反而堅硬的像鋼鐵般屹立不搖著，成為台灣西部最堅強的堡壘屏障。王婷是金門人，在她溫柔的外表下，自然倘留著堅毅的個性與血液，她對生活與環境的靈敏多愁，盡皆散發沉浸在詩性中，就像詩人席慕蓉《小說》中形容的「一層是一種掙扎，一層是一種蛻變……」王婷寫詩的多變與多樣化，也是她詩的特質。

其中〈老〉這首詩就是形容戰地的回聲：

戰爭的砲聲
從年輕時就留在他的體內
轟隆轟隆爆炸聲
焦黑後只剩黑
老的挺不直腰了
不知道是佝僂不需要華麗的衣裳
還是永恆的定義已經改變

台灣知名的詩人瘂弦曾經說過：「拿起筆來，你就是詩人。」王婷認為「寫詩對她而言是一件浪漫的事！」她喜歡詩的遼闊感，可借情喻物，當然詩也可以成為抒放情緒之用。王婷說：「當詩的思緒被打開，詩可以成為萬物，也可以是心靈萬靈丹；想念你的時候，你就是詩，天空飄來一朵雲，也是詩，捷運上每人臉上表情，手指划動的韻律也是詩，思念父親的腳步是詩，烽火連天下孩子無辜的命運也是一首詩，詩可以和自己的靈魂對話，也可以和讀者交換一個眼神。」

中國當代作家安意如曾經提到：「寫作，是藉由文字的光束照進內心的角落，你成就自己的成長，蛻變，如人獨舞。然而，這舞蹈不是只跳給自己看的。不可因為一時掌聲激烈而分心，亦不可因為，舞蹈中台下沒有聲音而氣餒，因為那不是此時你該關注的事。」

我總對詩人充滿了好奇與崇高的敬意，詩人喜歡遊歷於大山大水中，他們能放逸於山野間的自然與趣味，同樣的，在生活的起住坐臥裡，仍然發揮了詩性的創意。王婷說：「雖然我寫的是現代詩，也喜愛現代詩隱喻的手法及意象的精確，但是，我最欣賞的詩人是離現代有一千多年的蘇東坡，我欣賞蘇軾縱橫千古的才氣更喜歡其豪邁不拘形式的氣質。『竹杖芒鞋輕勝馬，誰怕，一簑煙雨任平生。』除了文字透澈，那種豁達的人生觀是難得的美。而另外一位智利詩人聶魯達是令人敬佩的，他生命的豐富是來自對民族土地的熱愛和對愛情的美，他的一句『愛是這麼短，遺忘是這麼長。』充滿熾熱又扣人心弦。」

我們都知道「詩」是最講究形式規範的語言藝術，詩人在詩體「破與立」中發揮其情感，在文字排列方式追求視覺上立體面構成的空間感，這樣的韻律、節奏、意象及哲學是王婷對新詩著迷之處。關於詩畫創作理念的濫觴及影響，王婷說：「美國詩人愛倫坡把唯美主義形式主意納入非理性的框子，後來法國詩人波特萊爾在詩體的題材和風格上進行了前所未有的變革。波特萊爾認為文學家有一種容易接受的視覺印象的感受性，他主張現代詩歌同時既有繪畫音樂標所裝飾藝術的精神，其名著〈惡之華〉就是吸收蒙田、培根等藝術家的創作經驗影響，使詩更有自覺，更自由。」她最初對於詩畫的結合就是受到這種思維的感染，常常是先有詩的意象做為骨架和肌肉，用畫描寫記號之外的韻味，那韻味就是詩的原味。

讓我訝異於王婷本身工作非常的繁忙，為了事業經營，需經常出國或兩岸來回的奔波，然而她總能在繁重的工作壓力中，硬是擠出了時間的空隙，也讓靈感在其間中孕育、萌芽並開花結果的完成詩。她說：「因我常常在各地遊走，最遠到過南非，最常去的地方就是中國，看到江南春天水岸邊的新柳，心裡便馬上迸發出詩句。例如〈三月西湖〉『三月江南／是宣紙上止不住的夢／細雨濛濛／只留一條縫／讓春天輕輕走過』……」

對於事業經營，王婷注重公司本身的效率、專業、規劃及分享，她歸功於是自己有組織規劃與妥善化繁為簡的運用時間。因為專業有效的人力運用可以減少損失及增加公司營收，而在年度細密規劃後，充分授權及團隊合作是公司工作主軸，大家工作快樂之餘，又能分享成果，更是努力辛勞的回饋，也是好的生活品質之核心價值。王婷認為：「一個人就像一個分數，才能是分子，評價是分母，分數決定一個人的價值。我的人生佈局就像一個迷宮，在上半生尋找入口，用下半生尋找出口，希望在這個出口找到有價值的分數。」

台灣著名的古文物專家、藝術史學者及書法家的莊嚴，曾寫「詩有真律，書無定法！」八個大字的書法令我印象十分深刻。這其中的「書無定法」將之改成「畫無定法」也是行得通。我們都知道特別是繪畫的派別與技法五花八門，王婷在寫詩之餘，她的另一項興趣就是繪畫創作，而她的畫也是頗有深度，以具象寫意為主，注重氣韻生動、色彩層次與筆法造型表現，油畫作品先後獲得二〇一八年新北市與二〇一九年台陽美展入選的優異成績，也辦過個展及多次聯展。她本身是學服裝設計，因為在工作上和布料有密切的關係，所以對色彩敏銳與直覺。王婷喜歡運用表現主義式的顏色與線條來表現感情，狂亂的線條來表達自我，而對於詩就是她要表達的思維。

她有一首〈色相〉的詩就是這樣形容：

靈魂在色與相緩緩流動
有時張狂蹬著波浪任海洋
成為更深的夜
有時軀體扭曲緊繃　顛倒
如十字路口的車流
加速或停止形成小舞步然後遺忘
穿越是黑暗中最迷人姿勢
虛線或捲邊唇語
如馬丁鞋上的鞋帶

從第一孔到頂孔來回穿梭
水是透明的影子
關上記憶
慈悲與肢體都將以海流的速度
裂解又裂解織滿鱗的刺青
向　心　宣示

王婷特別說，她喜歡現代詩的隱喻手法，那是含蓄的、有禪味的、蒙太奇手法，她詩寫都是有感而發，不做文字華麗的堆疊口。當然，寫詩除了可以表達情感之外，還有一個很重要的重點是對事物，對社會人文的反思。而對於她的繪畫創作是在畫布上宣洩咆嘯，控訴城市發霉的一角。期待社會少一點八卦，多一點關懷，這樣的詩畫相映是她一直想努力的方向。

台灣的「秀威出版社」特別為王婷出版〈帶著線條旅行〉詩畫集，這本集結她多年來寫詩與繪畫創作的心血結晶，我們看到一位「詩人畫家」，亦或是「畫家詩人」的融入創作和努力成果，也欣然為她寫這篇序，祝福她詩畫集的出版與詩畫藝術更上層樓！

輯一 記憶正在改變

輯二

當我輕輕喊你

輯三
朗詩在春天

輯四

塵市

輯一

記憶正在改變

記憶正在改變

陽光向前走了一步　斜切半面牆
夏天篩下火爐典當最後熱度
桌上芒果冰靜靜的化成一泓寒潭
她也安靜的長出翅膀
學大雁飛渡

融解中的雪花格外驚心
雪山微微晃動地　就
一哄而散
原來
改變的不止是季節

沉默的幻燈機　2018／油彩、麻布／91×72.5cm
新北市美展入選獎－2018

穿衣

當他扣到第三顆釦，
忽然摸到
母親年輕時的手
上衣口袋溜出幾句細碎的叮嚀
花襯衫上還有嘩啦啦的洗衣聲

沉默的力量　2018／油彩、麻布／91×116.5cm

母親

雙眼和牆上的壁虎
已經對峙二十四小時了
這個夜正在變化
有聲音從角落湧出
每一個句子都像需要
維修的時鐘
走著走著就亂了
我在你臥床邊
聽著聽著心更慌了
長夜變成巨獸
有了鷹一樣的眼神

夜陷在牆壁上
零星的滴答聲躲進母親的眼神裡

母親的話

貓在屋脊上端坐
雷聲夾著母親的預言
轟隆響起
雨　從童年中走來

獨白

鎖不住的白
半眠在日蝕的預言
白有自己的思維
就像根鬚與大地
華髮之於稚子
春去秋來
只是把心事橫在霜上

父親結

想要寫些話
墨
就搖搖晃晃排成黝黑的記憶
一句裝在口袋
一句在您沉默的眼底

墨的濃度供養著詩句
日子久了
猶如老坑石的硯
磨著磨著
把雨聲也磨細了

老

戰爭的炮聲
從年輕時就留在他的體內
轟隆轟隆爆炸聲
焦掉後只剩黑
老得挺不直腰了
不知道是佝僂不需要華麗的衣裳
還是永恆的定義已經改變
當年空盪盪的衣櫃和如今孑然一身
在寒冷的早晨
有種莫名的熟悉
臂膀上　只剩一隻不自主的手
空蕩蕩揮舞著
與今年第一個冷氣團
凝成砲彈
把一顆心打個千瘡百孔

老士官長

巷尾響起救護車聲
劃破夜的黑幕
是龍門陣的老陳
還是只剩門牙的小沈
他望著
夾在泛黃兩指間燃燒的菸頭
牆角的鐘仍在搖擺著舊時的夢
盪他回故鄉他的童年和江河
借舟擺渡擺不開
夜夜思念親娘的無助
長巷內的月光伴同桌邊的酒
今夜他還擺盪在
數十年前那浮沉他離鄉的海浪

訊息

冬從殘荷中竄出
以一身白
完成一個寒喧

冷夜把你留在案邊的小詩刨成
薄薄身影

我在黑與白之間穿梭
為失血過多的紙條
添上微笑的皺紋

最遠的記憶　2018 / 油彩、麻布 / 72.5×60.5cm

我家莉莉

你把粥一口一口
送到母親嘴還邊說
「剩一小口喔剩一口就吃完了喔」
我咀嚼著你的話
彷彿一種炭火在脈博燒
血管裡鼓脹著熱
在冬夜裡暖和著無寐的母親

你來自千島之國
初見你從水上踏波而來
嘴角捲起一陣浪花
我已知你是一把傘
從千里來
等在雨中
天冷我送了你一件霞火般桔色衣服

你把衣裳折成花枕頭
笑著告訴我
真神阿拉說白色最好
壯碩的身軀和笑容塞滿整個屋子
笑聲吹乾潮溼的靈魂

夜深人靜時你想家嗎
我望著你握照片的手問

姐姐
青春從我指縫間溜走
但是當屋了砌上水泥
女兒握著一枚錢幣等著我回家
我　看到了春天

你幽幽的說眼神露出微光

等候

隔著春天
他用河水吊起笑聲
浮腫的眼將臉上的淚全儲了起來
眼皮下晶瑩雪白的雙眸取出
勻形的月色
除了強忍著說來就來的虛無
時間繼續滾動

飄浮在水面上的長竿
在河中翻來覆去想要撈起
昨日的壯志
偶爾飛來的蛐蛐在水面下
寂寞的叫了幾聲

時間的默劇　　2018／油彩、麻布／60.5×72.5cm

王者

這不是個無字碑
經過千年風化
青石上的肌理還能
嗅出你王者的風範
殘灰猶存的樓亭裡
蒼涼的樑柱依然頂天矗立

清明時節你撞進了歷史的甬道
擊斷了碑上漸深的裂痕
有些騷人不再明白
有些墨客不再清楚
而你
卻比誰都還要清醒

流逝的蓮　2018／油彩、麻布／60.5×72.5cm
中壢文化中心聯展－2019

走過

說一些可以禦寒的話吧
剝落的冬到了雨季
僅剩單色孤影
細雪走過的河岸
塵土比受戒的人更虛無

古城把自己的背脊撕開
用暮色塗抹藏在胸口的意念
牆門上閃出陣陣檀香
雨　深信老樹的靈性
只是甘心隱於細雪之外

古城的背脊　　2018／油彩、麻布／60.5×72.5cm

鐘

在牆上馬不停蹄
三百六十五里路再
三百六十五里路
我的妝鏡
已經裂在它的桌上天涯
滴答滴答從牆角。四散
穿過越來越薄的日曆
簷下的蛛網沒能把它攔下
我的青春
竟跟著它私奔而去

再開一扇窗

陽光彎下腰想說些什麼
大地把身子埋得更低了
風雨過後
牆上半鏽的釘子
悠悠醒來
一聲嘆息從泥漿中冒出
為被吞沒的窗找到昨日的抗議

老人負手走著
一漥漥心情比雨水還重
魚塭裡正在蘊釀罷工潮
一粒粗澀的鹽
打探月白色的明天

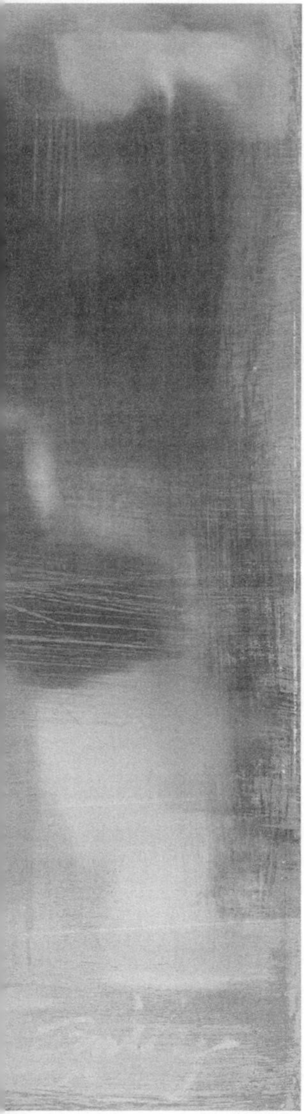

輯二

當我輕輕喊你

當我輕輕喊你

我把你的名字弄丟了
夜，陷在一個泥濘的沼澤

我想像你的名字是一條魚
把淚藏在鰓來回穿梭於大海
想像你剪開雨和淚水

為了印證
我把名字寫在白紙上
想像你習慣的回頭
當我輕輕喊你

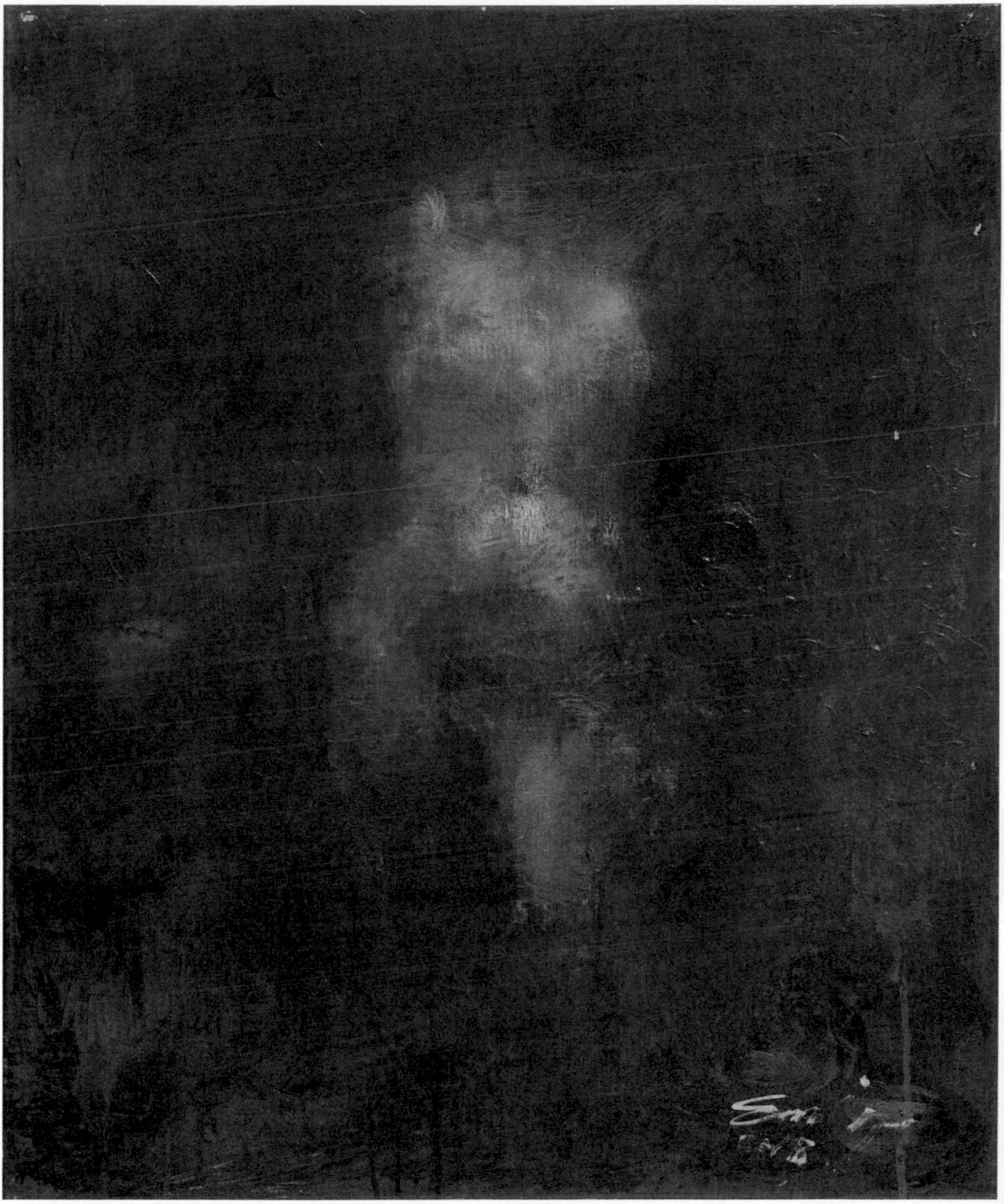

極致的謊言　　2018 / 油彩、麻布 / 60.5×72.5cm

讀你

季節一轉變
木桌上的酒從思念的密咒
流淌出來
火紅的臉無從閃避
痴心的燃點

我舉杯向天
天空回我
那年你為我寫的那首小詩

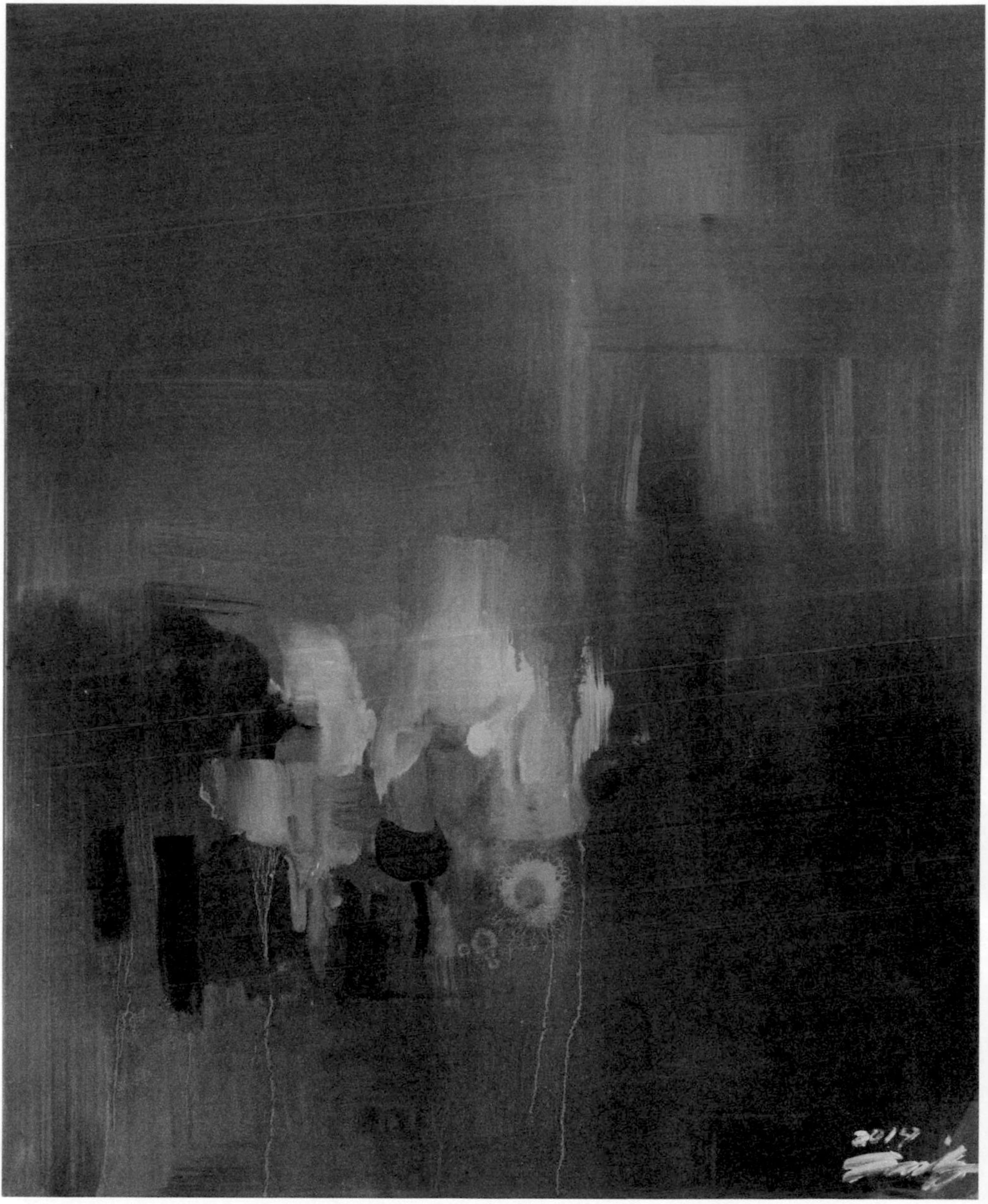

中壢文化中心聯展－2019

色相

靈魂在色與相緩緩流動
有時張狂蹬著波浪任海洋成為
更深的夜
有時軀體扭曲緊繃顛倒如
十字路口的車流
加速或停止形成小舞步然後
遺忘

穿越是黑暗中最迷人的姿勢
虛線或捲邊唇語
如馬丁鞋上的鞋帶
從第一孔到頂孔來回穿梭

水是透明的影子
關上記憶
慈悲與肢體都將以海流的速度
裂解又裂解織滿鱗的刺青
向心宣示

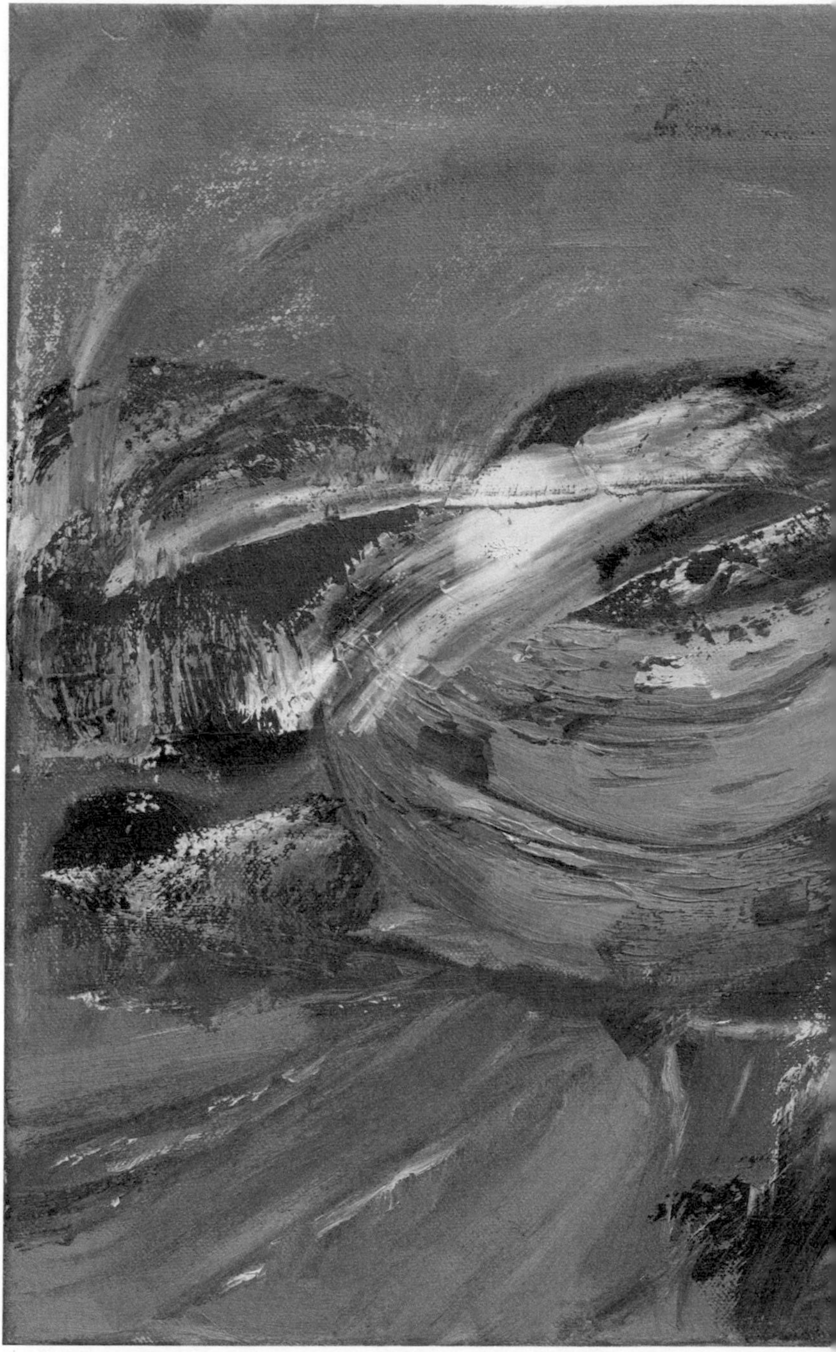

愛作夢幻的水族箱

風說你從來不是快樂貧乏症者
只是不斷在尋找一個貝殼和有濶葉樹的島嶼
冬雪也不凍結你包藏在臂彎的翅膀
他有著和風一樣的等待

你說我是一座島
一碟被畫筆紋身的貝殼
當奔騰的閃電擊過
長宿的島嶼就找到他的定位

初　2018／油彩、麻布／60.5×72.5cm

夫妻魚

我從不尋你
只是默默跟隨
或許在水泡破滅之前
你也會
和我眼神相對

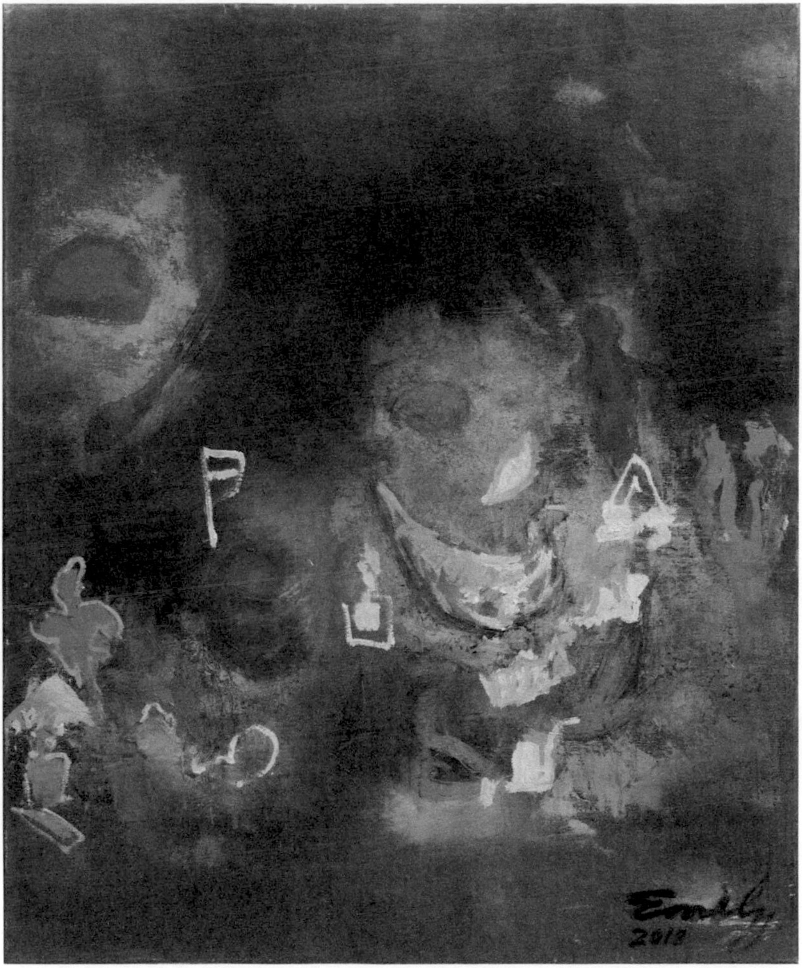

碩　2018／油彩、麻布／60.5×72.5cm

關於愛情

是誰把心動投入大海
秋波
成了一則謎語。
連湖心都猜不透

浪花。止不住好奇心
把鞦韆盪得好高
海水吞吞吐吐
又哭
又笑

愛從那裡來

太陽以熱燃起一絲妒火
又在夜晚昇起皎潔的月光

你是彎彎的河水
奔流著熱騰騰的情緒
無言的遠離塵囂

洪荒之後
我相信你說的
愛始終存在
即使我們沒有感覺到

姍姍手記

一整個早上我包包裡都是你
昨日為我準備的早餐味道
肉在兩片燒餅之間是沈默的
油綠的蔥蛋則喧鬧不休
豆漿流入透明杯
緩緩的說

枯竭的河床，並不感謝它的過去
但永遠會記得小河
淌淌的月光
沾濕的靈魂打著抖擻
用另一隻眼發現春天的氣息

我推開門
收攏了每個早晨
把皮包緊緊扣上

暗香

你說
你喜歡火花的閃耀
喜歡在煙霧中尋找影跡

你說決心遺忘高度
爬上屋頂吹風
不再顧慮一根火柴的亮光

親愛的
風勢該怎麼吹
我一邊扯線一邊纏著夜色
想像風給的線索

一言難盡

湖水表面很平靜
暗地裡卻偷偷皺了眉頭
推敲著那一把火
不知道是什麼時候
把樹也煮成黃蓮

湖面上沒有倒影
春風欲言又止
面對千萬個發愁的你
我的話語　像時光逆轉的胚胎
縮回了子宮

家在山的那一邊　2017／油彩、麻布／53×45.5cm

放下

這次輪到你了
輪到你把疲倦的身子輕輕放下
輪到你把高傲得不能低泣
莊重得不能歡笑　放下

七月

七月
高跟鞋踩著急促的敲門聲走來
老弄堂驟然驚醒

忙碌的人甩開豔陽之後
又擱淺在手中的螢幕
我凝望匆匆的人們
納悶挨近時冷　遠離時暖
也或是在緊密時溫度已經從
掌心中溜走不曾停過

一朵雲遮住半片紅瓦
儘管孤獨是一匹貪食的獸
在老得走不動的街道上總有人
在尋找腳步聲

念

影子是寄不出的情話
每走過一次舊事
相思就會拉長

吻

對花朵而言花蜜就是快樂
如光束穿過你不曾停靠的手
在靜謐的領土
隨著幾何通向謎底

夜襲

今晚的雨浸著香檳
我搖晃天空
請求閃電鋸開你的影子
和千萬個夜

黑瞳下雷響掩埋
禱告聲
在黎明前
我偷襲一個夜
想你

歸零

再次照鏡子
臉孔跟著緘默了

我來回擦拭你濡濕的背影
和你沒有帶走的謊言
鏡面上水痕微微震盪

空月

月抬頭望向落日
星星坐冷了上半夜的喧嘩

月醉將諾言抹開
朦朧的滿月　是一隻麥芽糖
把希望拉得很長很長

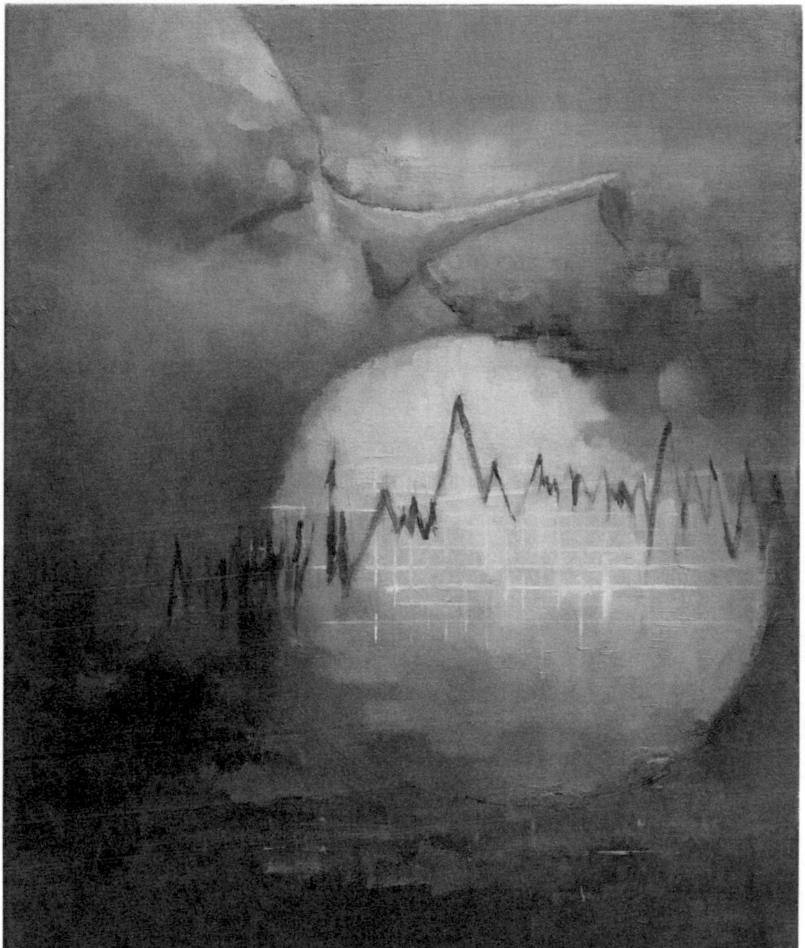

空月　2016 / 油彩、麻布 / 60.5×72.5cm

負傷的月

腳踵說了重話
每一句都是單調的音階
山峯側著臉滿是疑問

天空把太陽藏了起來
一不小心還推倒負傷的月

我選擇不再追逐你游離的影子
山峰側過身長出
一雙翅膀

抱歉

在一陣騷動後
你驚惶失措的眼神
如貓爪劃過我不安的眉頭

我垂下雙手
冷風如一隻禿鷹向我撲來
心情黯然吞下顫抖
雙肩比夜還低垂

腳步聲遠去後
我的心仍在發炎
為了來不及對你說的一聲

抱歉

扶持

瓦片在最紅豔的時候
他們揣測
你離開時是否也握著
故鄉的泥土

雜沓的夢徑
你已從崇拜到癱軟
淒厲望向無慾的墳
如一根火柴劃在冬夜
你靜默了　整夜靜靜夢著
而我仍會因為你幸福
而深感幸福

永恆的燈塔　　2018／油彩、麻布／60.5×72.5cm

歲月的公式

歲月在瞳孔裡喋喋不休
你悠悠闔上靈魂
眼底藏匿秘密
就關進狹長的牢
風是秋的啼聲
每一輕咳都帶著
歲月的血絲
眼皮垂下不說一句話

畫布

她反覆刷了幾筆
感覺像是觸撫一吋吋肌膚
又是那一抹紅
把險灘逼成漩渦
漣漪溢出水潤私語
每一句私語
都像是炸開的情緒
在靈魂和空氣中
磨擦

她拿下畫布
在鮮紅的唇上狠狠的咬了一下

終

雙方終於打破緘默
如窗外水氣飽和的雲
最厚重的那一角
刷一下狠狠的跌落地上

與其等待宣判
不如自己找到答案

他看著手機上
關上剩下百分之十電力

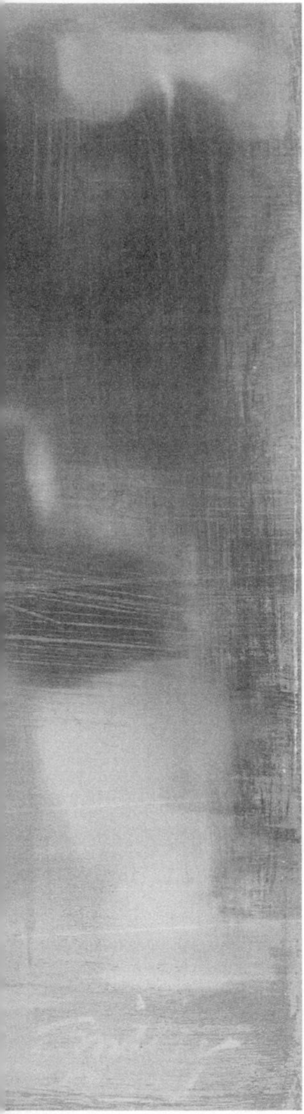

輯三

朗詩在春天

朗詩，在春天

所有文字都妝扮起來
蝴蝶結和三寸金蓮
各自輕叩二月的雷聲
斷崖上有一只酒杯
豪邁放歌
春天
豎起耳朵

中壢文化中心聯展－2019

三月西湖

江南
是宣紙上止不住的夢境
細雨濛濛　只留一條縫
讓春天輕輕走過

三月
思念把絨默捻成細柳
隨著薄霧不斷渲染
一面呵氣一面前進

三月江南
夢又孵了夢　纏在細柳
盪——
盪在西湖遠遁的古調

三月江南　　2018／油彩、麻布／72.5×60.5cm

等夢

三月
你從還沒乾的宣紙走來
所有的眼睛都磨成
一　池墨

春雨釀著墨的濃度
三月的墨
滲著自己的寂寞

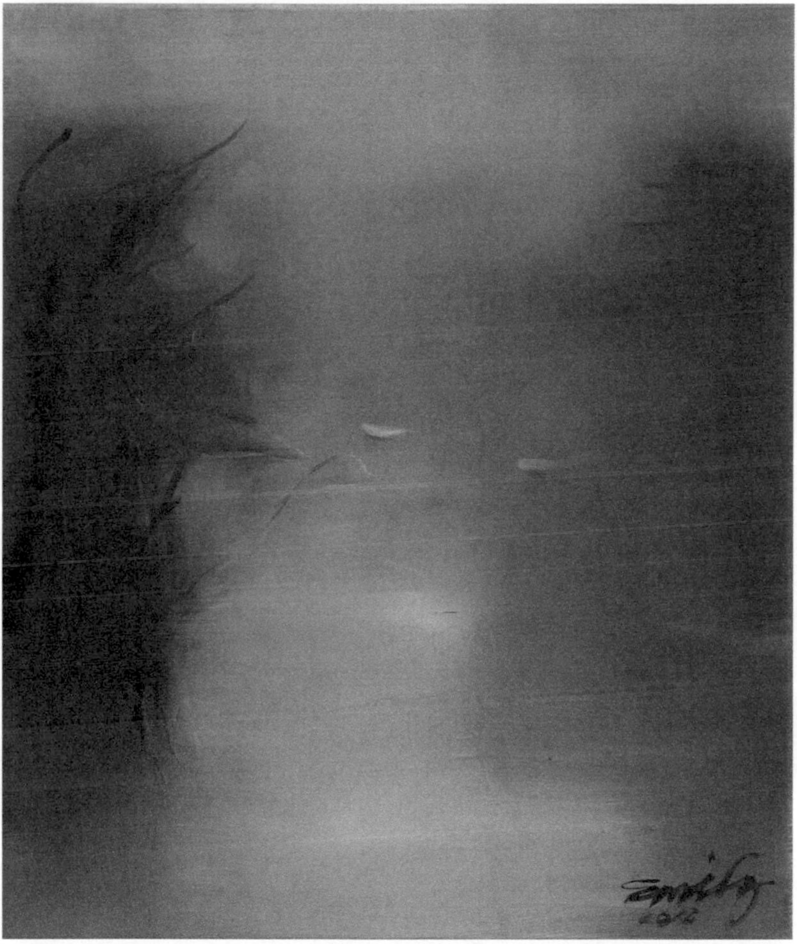

迷戀　2018／油彩、麻布／60.5×72.5cm

哲人的春天

那哲人把曾經縲絏的風雨
拋在腳步聲後
腳印踩在春色中

而春色是無所不在

花香在季節交替處初啼
風吹動時樹葉才能搖曳生姿

哲人遠望來時路
拍拍肩上葉子
葉
輕聲落下

偶遇

春天你同誰來
是天使之鈴不羈的香氣
還是老宅的微笑

一群飛燕吊起檐間歲月
時間輕搖著 Latte
一種熟悉的閃光翻閱昨天

我們用夢想問路
任由心事游走從前和未來
長髮隨簸穀的風勢飄起
飛躍或歌唱如草原上赤足的淑女

圓月來訪
我們呼喊
等待另一個天光

雨中的蓮

水中躺著小小的句點
順著據點往上
一個羞澀的女子
婀娜的燃燒一片寧靜

你是雨中的蓮　　2018／油彩、麻布／60.5×72.5cm
中壢文化中心聯展－2019

荷

水邊升起多纖維的月色
把尖紅托在唇上
慢慢走

夢有點蓬鬆
我折了一張荷葉
寫一塘夏

蓮的聯想　2019／油彩、麻布／60.5×72.5cm
台灣當代－年展－2019

有一些花一直都開著

她懷著滿腹激情
把春天包裹在心中的
另一個星球
一整個夏天我們咀嚼花的枝葉
香氣在熟睡的花間甦醒
甜美的風從這個九月吹向
下一個春季

我們期待花季
相信她說的
有一些花一直都開著

放下　2019／油彩、麻布／91×72.5cm
中韓美展聯展－2019

雨

雨
落在水墨上
三月的煙
就從唐朝飄來
雨
落琵琶上
江風搖著蘆花的
蕭瑟
雨
落在你家屋簷
浯江的水
也滴滴答答
聊了上

走過　2018／油彩、麻布／60.5×72.5cm

霧

霧。迷失了方向
看不到路的心情
吹不散春的名字
輕雷
在雨聲中朗誦春天
薄霧拉起白色封鎖線
春天
就跌入了最深的夢境

白茉莉

剪不斷的虛線繞著圓心
在一串晃動中
你維持一種微笑
守著細長針孔的祕密
在嘻鬧聲靜默穿針引線
偶爾抬起頭來問我
要這樣做，懂了嗎

多年以後這淺淺的微笑
長出一朵小花
在赤裸的陽光下
散發一股香氣
那是我們最純真的友誼
永恆的茉莉香

舞蝶

你是舞蛹的蝶
沒有人知道你靜默咀嚼白天的溫度
儘管陽光熾熱和瓷燒
發亮的繭始終棲居在
微笑的嘴角

你在黑夜裡摸索晨光的叛逆
以岸筆抹時間的子音
當蝶翼逐漸透明
所有的花都載著一噸糖的甜蜜
綻放

中壢文化中心聯展－2019

春天的書店

春天的在書打了一個蝴蝶結
懸燙在冬季的細雪靜默的滑落
一群女子像合瓣的花
讚揚的唇展開成風中蓓蕾

書家輕巧地用魔杖展開輕搖滾
每一個輕響都透著金絲線
幾個半音
有點拉丁
微甜的　浪漫的　瘋狂的　輕輕的

女子們陷入酣眠，臉頰上開出桃花
這迷人的畫
浸透著一個預言

流浪在山路孵出一襲美麗的香氣

春
越過小水窪從平地到山麓
走著走著
芽綠就孵出一襲美麗的香氣

小雨點織著鄉野的聲音
輕輕地和回家的路交換了一個眼神
你收起眼底的一抹浮雲
讓路過的芳香在手邊滋長

五月的梅雨

五月的梅雨
初夏的第一杯酒
雨聲酸酸甜甜

你來了又走沒有回眸
我的眼睛卻只是酸

於是，五月的雨
有了雪的溫度
笑聲在空中
裂成一片片白雲

聆聽

我把耳朵放入潮水
水中湧起暗語　燦然一笑

水在溶雪後自言自語
即使曾經長眠的心
仍會發出嗚咽聲
宛如奇妙的萬古之中即便死亡
也有成型的氣泡
有人說鳥的飛翔離死亡最近

在洶湧的海流
我們一起前迎、一起大哭
或者迷路
是最好的幸福

秘密

春天像是一枚你給的
薄荷糖
甜甜的還帶著點
涼意

雨落的聲音

春雨吐著話語
我在傘下穿越
冷不冷
都顫抖

你是逃脫的雲朵

長長的白帶著寂寞把腳印拉成長煙

追逐在寂寞之後是
冷雨的餘響
時而飛揚
時而拔扈

白是初雪
堆疊的厚度是散落在天涯的密碼
雨收雲散後
春天會
蠶食了所有的荒涼

帶著線條旅行

時光播種遷徙
飛旋著沒有回聲的語言
我們不知究竟真實抑或
夢境
像一張拆開的網
移植成線條
路過這世界

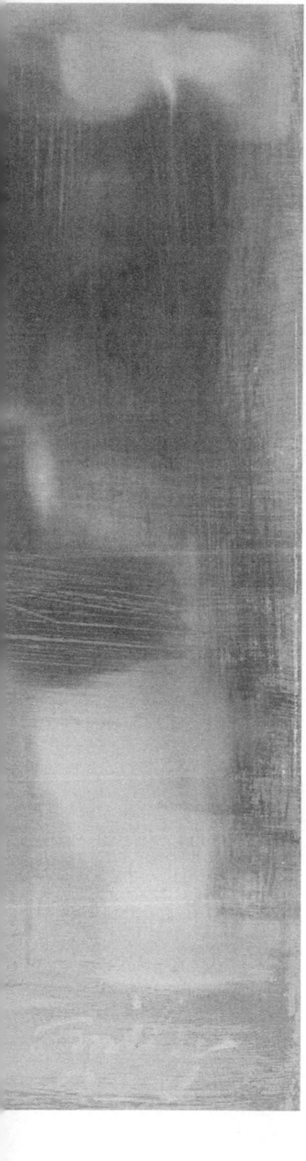

輯四

塵市

塵市

肚子一剖開
流水汩著暗潮散發著發酵的味道
滿街掠影淹沒了月光

塗上胭脂的鏡子
從嘴角湧現出
名牌的八卦

天空用了三千丈流水
怎麼也洗不乾淨那張臉
河水沉默的
握著灰色的心事

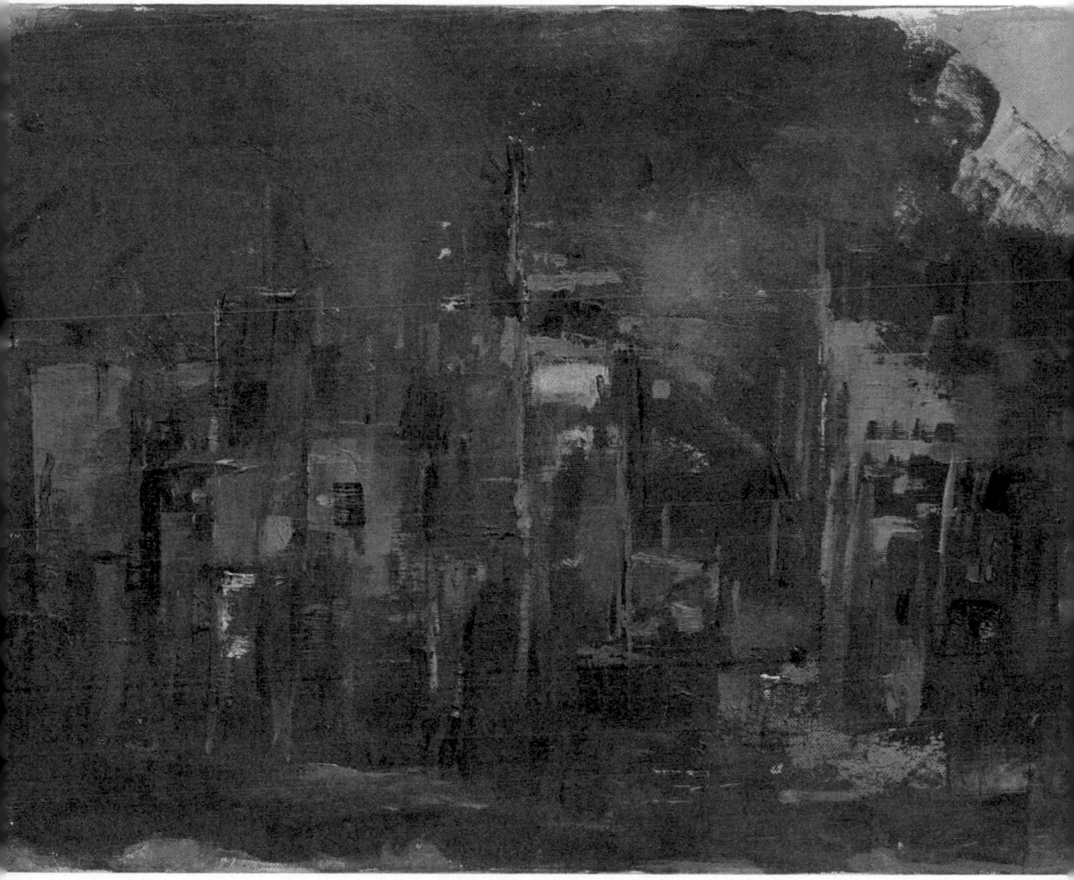

塵市　　2017／油彩、麻布／53×45.5cm

青田故事

青田街沒有田
只有幾個身影
在雨中接受新雨的邀請
孩子們讀著老樹下的風華
冷雨在屋外計算著傘的數字
屋內笑聲沒有濕過
書架上
印象和象形正沸騰
桌上美酒煮熟了
老故事

交流　2018／油彩、麻布／116.5×91cm
中華民國台灣南部美術協會全國徵畫優選獎－2019

希望

日子是柴燒後的灰燼
在燃點最高的時候
火是最耀眼的希望

巨木是最好的演說家
他藉著一根一根木頭的耗損
分析著悲傷與歡笑間的距離

巨木守候森林
如同我始終相信愛
足以征服狹隘的寬容

點燃　2019油彩、麻布／91×116.5cm
臺陽美展入選獎－2019

鷹

一張開雙翅便抓起一個宇宙
時間不斷的爬升也不斷的墜落
天空在你的腳下裂開
山坡追逐如動情的小姑娘
你火紅的眼球瞄著一匹獸
燃燒之後將靈魂一一豎立
那是你的心
獨一無二的鷹視

隱晦的結晶體

海底的祕密卡在石縫
石縫裡有深陷的揣測和
遺落的月光

月光混色濤聲成
半透明隱晦
潮汐是唯一的密碼
候鳥站在擱淺的枯枝上
讀馬鞍藤的沙畫謎底

一陣浪頭
打在燈塔上

在那遙遠的地方

遠山
從數千年前就
靜坐在遠方
一縷孤煙
掩飾你的蒼茫

鄉里小徑
筆直往前走
走向十里外三月
那個你離開時的季節

蹲在路旁的樹
耐心搜尋秋風
所有腳步聲都變成了
遙遠的懸案

向日葵

你把一雙眼留在天空
日出打扮自己維持一種動人的微笑
日落時罩下輕紗安靜守候

安靜地守候
凡人要領略的確是不易
如擔心符咒會失去法力一般
需要最初和最後的毅力和沉默
沉默地
如向日葵守候另一個日出

重生

我把自己捲起來
像一片枯葉
葉尖上留了一點空隙
讓自己有飛的機會

人生

季節走到最後
蟬只有一句
知了。知了

孤舟

我穿起大大的袈裟
準備和風
談禪
風，在十里外

岸上石子把頭埋在河裏
一整天
只管著浪花的高度
只有夕陽微笑的把影子
還給我

靜　2017/油彩、麻布/91×65cm

冬雪

飛雪的日子。沒有足印
只有風。在翻書
一群候鳥
懸著羽
從她的眼神中走出來

煙

長煙從大地升起
化身為
一朵蓮
一支荷
一葉水仙

人生勝利組

我不斷學習如何逃避追捕
大海中
我是一條逃脫的魚
海水是我的共犯
前進或後退我們與風密謀
河岸邊濤聲四起
一隻鷹
從激流中竄起

捷運上

他踉蹌趕上車
簡訊聲隨著鄰座笑容
搖晃
手機魚貫進入列車
每一雙眼漸漸的凝結成冰
沉默的空氣中只有叮叮聲
敲打著
&@%#*$%&@#$

北京遊記

帶著心底的行李
走在棋盤上
行李越來越輕
夢越來越重

子午線坐冷了天秤兩端
一陣馬蹄聲
在暗啞中
驚醒

蝕　2016／油彩、麻布／60.5×72.5cm

茶葉青

一片雲攝合了一群寂寞的葉子
香氣過小水窪
從平地到山麓　走著走著
芽綠就孵一地的春
杏黃的葉掛著夢話

整座山　整座三月
被紅色黃色橙色的採茶姑娘揉捻著
淡綠碧綠淺綠翡翠的木櫼中
三三兩兩
傳唱著你最愛聽的那首
茶葉青

茶葉青　　2017／油彩、麻布／72.5×60.5cm

寰宇之音

你聽到水聲嗎？
聽到銀月在水上行走
變幻出來的精靈嗎

你看過神祕的黑
複寫圓月時
用最大公約數穿透孤寒嗎

水墨滲開後
黑與白輕輕擊出宇宙節奏
我看到了水和紙之間
提煉出的天空

厚黑學

火已經停止燃燒
黑金色蒼蠅強而有力的腳
還黏著不放
渾圓的臉露出了
月白色的軟弱

佛朗明哥

午夜甦醒的風
哀傷的擎起湛藍夜光
當宇宙傾斜成一團紅
太陽急促的神情
如你臉龐暈紅

火焰在寬厚的首掌繼續燃燒
舞娘手中的響板敲響了你心中
所有的悲痛
裙襬吟唱著三百六十度的曲調
沙啞的歌聲
順著浪跡天涯的風
飛旋過高山回到夢中的家鄉

祭　2019／油彩、麻布／72.5×91cm

殺時間

他們說要把我殺了
聲音隱約從地球另一面傳來

有人用吼叫撲向我
有人磨了磨指甲開始打電話
從昨日到今日
由碧落到黃泉

對於輪迴沒有人比我更熟悉
在答案還沒有成形前
有人走入夢裡晃盪
有人割裂靈魂

我一點一點地脫落
赤裸裸
等待判刑

老茶壺

火在腹下騷動
偶爾竄出不安定的精靈
戲躡地
偷襲眼耳鼻口

靈魂從口中釋放
春天的芬芳就如騷人墨客的筆
在水中慢慢化開
有時又如冬日的炭火
滾熱過了喉
溫暖了冷月

紅土躺了千年
滿腹落葉
盡是學問

福爾摩沙

春天最溫暖的聲音自
台北街角轉出
旅人宛如握著玫瑰
芳香從指路人的指尖滲出
微笑像是搖籃
把旅人嘴角盪出一朵花

夏天旅人踩著煉鐵的風
和搖滾歌手大合唱
口中還沒來得及咀嚼
啤酒已經注滿墾丁大街
旅人眼底走出冰鎮的酒窩

秋天招潮蟹在紅樹林
尋找老船長走失的愛情

秋陽黃澄澄的映在水面
一排水筆仔
低下頭細數旅人足跡

冬天蚵仔煎和臭豆腐
在火焰中誕生
旅人的雙眼自味蕾中點起烽火
讚嘆聲中
每一根毛細孔
都綻放燦爛花朵

四季在反芻
如果你是乾涸的土壤
請到福爾摩沙
享受水的精靈

舊書

我在角落的書堆裡
奮力一游
腳竟被狠狠撕裂
一如蠹蟲待我
游移的目光滑過
眼神似流水千丈
東流

最美的風景

蚯蚓在土壤
抖落一把泥土

秋天之前我回來了
回到十八歲時莉莉公主
溫馨的故事裡

屋內情緒如爭開的花沒有目的的綻放
窗外甜根草正擁著法式尚雷諾熱情

度假中的時鐘默默看著設計師
走著走著流露著馬蹄的痕跡
沈浸在超現實的空中花園
竟不知
這柔軟的夏衣如輕紗般美妙

你說在這浪漫設計師的家
應該要朗誦一首詩吧……
我輕輕寫下第一句
我們來自同一個小島

根　2016／油彩、麻布／91×65cm

綠的意象

綠是一種寂寞
枯葉是掌紋
在隙縫間
插入暗椿
樹影站著沈思
在綠色的線索裡
聞到一股
發酵的氣味

城市的哀傷

沒有太陽的冬日
連屋脊都感到灰
偶爾有愉悅的步履穿過對街
即有一雙眼睛如隧道般
響起嗚咽之聲

下班後
慘白的臉是唯一的遺產
屋內只有鏡子在說話
所有的臉孔
都　悶著一口鐘

行在雨中

斗大的沉默在我和雨中穿梭
雨水像膽汁一像
不斷提醒苦的滋味
我想閉上眼
泅水的眼沿著一道影子
一起揪著舊日跳舞
他們橫越
把世界切成更薄的薄片
我說雨停吧！今天已經無法負載
昨日的重量

然而雨是不懂心情給的暗示
街道上積滿一處處小水窪
汽車濺起的水花在大街上揮霍
所有眼球舉起血絲

雨和你
和天空一起落在地上

語言文學類　PG2276　台灣詩學同仁詩叢03

帶著線條旅行

作　　者／王　婷
主　　編／李瑞騰
責任編輯／鄭夏華
圖文排版／林宛榆
封面設計／意研堂設計事業有限公司
封面完稿／王嵩賀

發 行 人／宋政坤
法律顧問／毛國樑　律師
出版發行／秀威資訊科技股份有限公司
114台北市內湖區瑞光路76巷65號1樓
電話：+886-2-2796-3638　傳真：+886-2-2796-1377
http://www.showwe.com.tw
劃撥帳號／19563868　戶名：秀威資訊科技股份有限公司
讀者服務信箱：service@showwe.com.tw
展售門市／國家書店（松江門市）
104台北市中山區松江路209號1樓
電話：+886-2-2518-0207　傳真：+886-2-2518-0778
網路訂購／秀威網路書店：https://store.showwe.tw
國家網路書店：https://www.govbooks.com.tw

2019年11月　BOD一版
定價：380元

國家圖書館出版品預行編目

帶著線條旅行 / 王婷著. -- 一版. -- 臺北市 :
秀威資訊科技, 2019.11
面； 公分. -- (語言文學類；PG2276)
(台灣詩學同仁詩叢 ; 3)
BOD版
ISBN 978-986-326-704-1(平裝)

863.51　　108010040

讀者回函卡

感謝您購買本書，為提升服務品質，請填妥以下資料，將讀者回函卡直接寄回或傳真本公司，收到您的寶貴意見後，我們會收藏記錄及檢討，謝謝！
如您需要了解本公司最新出版書目、購書優惠或企劃活動，歡迎您上網查詢或下載相關資料：http:// www.showwe.com.tw

您購買的書名：____________________

出生日期：________年________月________日

學歷：□高中（含）以下　□大專　□研究所（含）以上

職業：□製造業　□金融業　□資訊業　□軍警　□傳播業　□自由業
　　　□服務業　□公務員　□教職　□學生　□家管　□其它______

購書地點：□網路書店　□實體書店　□書展　□郵購　□贈閱　□其他

您從何得知本書的消息？

□網路書店　□實體書店　□網路搜尋　□電子報　□書訊　□雜誌
□傳播媒體　□親友推薦　□網站推薦　□部落格　□其他__________

您對本書的評價：（請填代號　1.非常滿意　2.滿意　3.尚可　4.再改進）

封面設計____　版面編排____　內容____　文／譯筆____　價格____

讀完書後您覺得：

□很有收穫　□有收穫　□收穫不多　□沒收穫

對我們的建議：____________________

____

____

____

請貼
郵票

11466
台北市内湖區瑞光路 76 巷 65 號 1 樓
秀威資訊科技股份有限公司 收
BOD 數位出版事業部

（請沿線對折寄回，謝謝！）

姓　名：________ 年齡：______ 性別：□女　□男

郵遞區號：□□□□□

地　址：________

聯絡電話：(日) ________ (夜) ________

E-mail：________